I0682826

QUELQUES VÉRITÉS

SUR

LES ÉLECTIONS DE PARIS

(31 MAI 1863)

PAR

H. TOLAIN

DÉLÉGUÉ AU COMITÉ CARNOT

SOMMAIRE

AVERTISSEMENT. — LA QUESTION HAVIN.
Comités électoraux, l'abstention et l'action. — Comité Carnot.
Élection des Vingt-Cinq. M. Carnot passe à l'ennemi.
Comité des Dictateurs. Dissolution des Vingt-Cinq. — Les Dissidents et les Novemvirs.
Réunions électorales publiques. Manifeste abstentionniste.
Victoire de l'opposition. Signification du vote. — La presse et les candidatures ouvrières.
CONCLUSION

PARIS

EN VENTE CHEZ E. DENTU, ÉDITEUR

PALAIS-ROYAL, 17 ET 19, GALERIE D'ORLÉANS

—

1863

Prix : 50 centimes

QUELQUES VÉRITÉS

SUR

LES ÉLECTIONS DE PARIS

(31 MAI 1863)

PAR

H. TOLAIN

DÉLÉGUÉ AU COMITÉ CARNOT

SOMMAIRE

AVERTISSEMENT — LA QUESTION HAVIN
Comités électoraux, l'abstention et l'action. — Comité Carnot,
Election des Vingt-Cinq, M. Carnot passe à l'ennemi.
Comité des Dictateurs, Dissolution des Vingt-Cinq. — Les Dissidents et les Novemvirs.
Réunions électorales publiques, Manifeste abstentionniste.
Victoire de l'opposition, Signification du vote. — La presse et les candidatures ouvrières.
CONCLUSION

PARIS

EN VENTE CHEZ E. DENTU, ÉDITEUR

PALAIS-ROYAL, 17 ET 19, GALERIE D'ORLÉANS

—

1863

AVERTISSEMENT

A plus d'un titre, les élections de Paris (1863) méritent d'être mentionnées, commentées. — Maintenant que la lutte est terminée, les ardeurs éteintes ; maintenant que les passions, même les colères, ont eu le temps de s'apaiser, il est bon de revenir en arrière. Beaucoup de citoyens ont ignoré les faits ou ne les ont connus qu'imparfaitement; tandis que d'autres, entraînés au plus fort de la bataille, n'ont pu distinguer nettement les utiles enseignements qui nous semblent en découler. Nous n'avons ni la prétention, ni le talent nécessaire pour instruire nos concitoyens; mais les événements ont leur logique, ils parlent d'eux-mêmes, et le lecteur appréciera si nous les avons bien compris.

QUELQUES VÉRITÉS

SUR

LES ÉLECTIONS DE PARIS

(31 mai 1863)

LA QUESTION HAVIN

> Je dis vrai, non pas tout mon saoul, mais autant
> que je l'ose dire.
>
> MONTAIGNE. *Essais.*

Le premier incident qui signala le réveil de l'esprit public, fut ironiquement baptisé par M. de Girardin : la Question Havin.

Le directeur politique du *Siècle* avait annoncé qu'il poserait sa candidature dans la 4e circonscription du département de la Seine, c'est-à-dire dans celle où se trouvaient réunis en grand nombre les électeurs qui, en 1857, avaient nommé M. Picard. Quoique accusé d'étudier légèrement les questions qu'il traitait à la tribune du Corps législatif, et de fournir ainsi à ses adversaires de faciles réponses, ce député, orateur original, avait su conquérir les sympathies des Parisiens, en revendiquant constamment leurs franchises municipales. Il était donc tout au moins étrange que M. Havin se fît le compétiteur d'un citoyen dont la réélection semblait assurée. De plus, il y avait récidive de la part du directeur politique du *Siècle*. En 1857, il avait voulu faire à M. Cavaignac le même honneur qu'il faisait à M. Picard, en 1863, en posant sa candidature dans la même circonscription que le général. A cette époque, il n'avait abandonné son projet que sur les vives observations de plusieurs citoyens. Mais

> Désir de journaliste est un feu qui dévore.

M. Havin voulait être le député de la bonne ville de Paris, c'était sa marotte; aussi ce désir, comprimé douloureusement en 1857, fit-il explosion prématurément en 1863.

Cette nouvelle rencontra d'abord beaucoup d'incrédules; elle était pourtant de toute exactitude. Des citoyens agissant spontanément, disaient-ils, se présentaient chez les électeurs de la 4e circonscription, abonnés au *Siècle,* et les engageaient à signer une lettre dans laquelle on invitait M. Havin à poser sa candidature. Dans le public, on se demandait avec étonnement, sur quelles raisons celui-ci pouvait s'appuyer pour tenter d'évincer M. Picard. *La Presse* et *le Temps* ouvrirent le feu, en appelèrent à l'opinion publique et blâmèrent la précipitation d'un journaliste qui, ne consultant que son caprice, et sans se soucier de l'avis général, s'obstinait ainsi dans sa candidature. La polémique se termina par cette déclaration insérée dans *le Siècle* du 28 mars 1863 :

En réponse aux attaques dont le *Siècle* a été l'objet, je déclare que jamais mon vieux patriotisme ne s'exposera à rendre douteux le succès de notre cause par une prétention personnelle ou par une compétition de circonscription.   L. HAVIN.

Mais la rédaction vint soutenir son directeur, déclarant qu'il était le candidat du *Siècle,* et que les électeurs seraient appelés à juger la politique du journal. Idée malencontreuse et ridicule, qui mettait les électeurs dans la nécessité de voter pour ou contre la politique du *Siècle.* Comme si *le Siècle* était un gouvernement; comme si un journal, en raison des décrets qui réglementent la presse, pouvait affirmer un principe ou un parti; comme si le député pouvait être le représentant d'un journal au lieu d'être le représentant du pays. Idée d'autant plus bizarre, qu'en particulier, il est assez difficile de préciser la politique du *Siècle* et celle de son directeur.

Mais il était dit que l'an de grâce 1863 nous réservait la désopilante surprise de voir le peuple le plus spirituel de la terre sérieusement appelé à juger la conduite d'eunuques politiques, dans la personne de M. Léonor Havin. Pour qu'une idée aussi outrecuidante ait pu germer dans le cerveau de journalistes, sans faire éclater dans la foule un rire rabelaisien, il fallait une presse privilégiée, monopolisatrice, devenue, en vertu de ce privilège, une force sans contre-poids. Force égoïste, qui devait se tourner, dans les élections, contre le pouvoir qui la tolère, et contre la démocratie qu'elle prétend représenter. Et quel était le candidat choisi par l'un des organes importants de la publicité? (*le Siècle* se tire à 55,000 exemplaires). Sans doute un homme illustre, un penseur, un publiciste qui, de sa plume vigoureuse, sût tracer dans le champ de l'avenir un large sillon? Mais non, bons électeurs, celui qu'on élevait ainsi sur le pavois, auquel on dressait un piédestal, le grand Léonor Havin, compta toujours parmi les muets du régime parlementaire, et le peuple serait encore à connaître son nom, si le hasard ne l'avait fait directeur d'un grand journal. Heureux homme, il ne blessa l'orgueil ni la vanité de personne par son élévation, grâce à sa médiocrité bien constatée. Là, de temps en temps, pour charmer les loisirs d'une grasse sinécure, il interrompt son majestueux silence, et pond, dans les grandes occasions, un article emphatique farci de lieux communs, qu'on imprime en capitales tout comme pour une Majesté.

Dis-moi, bon peuple, quels sont les progrès que ce journal a fait

faire à ton intelligence ? Est-ce que c'est lui qui le premier t'a dé
montré la nécessité de l'instruction gratuite et obligatoire ? Non ;
tu te souviens encore des projets de la Convention. Sans lui, n'au-
rais-tu donc point désiré l'Italie libre des Alpes à l'Adriatique ?
Sans lui, la Pologne égorgée serait-elle restée pour toi une sœur
indifférente ? Non, car, sans chauvinisme, tu n'oublieras jamais que
les Polonais sont tombés côte à côte avec tes pères, sous les murs
de Paris. Ce journal, qui chemine prudemment (car il vaut trois
millions, dit son directeur) sous le couvert d'une politique élastique
et trouble, n'est qu'un écho banal et attardé des sentiments populaires ; il ne guide pas le peuple, c'est le peuple qui le traîne, sous
peine de désabonnement.

Quelle idée nouvelle la feuille pseudo-démocratique a-t-elle vul-
garisée dans les masses? Quels progrès ses rédacteurs patentés ont-
ils fait faire à la raison humaine ? O Carrel ! ô Godefroy ! grands
cœurs, plumes vaillantes ! la mort vous a épargné le triste spectacle
de la vanité bouffonne de vos successeurs. Vous aviez cru couver
des aigles, il n'est éclos que des oisillons.

Le prologue était joué, mais l'alarme était donnée, les commen-
taires et les suppositions ne manqueront point.

M. Havin avait eu tort assurément, mais, disait-on, si M. de Girardin a combattu avec tant de vivacité son confrère du *Siècle*, se
faisant le concurrent de l'un des Cinq, c'est qu'il veut soutenir
énergiquement son rédacteur M. Darimon, dont la réélection pourrait bien être contestée. D'un autre côté, fort du rapide succès de
l'Opinion nationale, M. Guéroult veut offrir au pays ses services
et son dévouement. MM. Havin, Guéroult, Girardin, rédacteurs en
chef des trois journaux démocratiques les plus influents, se trouvent intéressés personnellement à diriger les élections. Cette trinité
n'inspirait à beaucoup qu'une médiocre confiance. Ce fut alors
que M. Nefftzer entreprit de démontrer qu'il y a incompatibilité
entre le mandat de député et la position de rédacteur en chef.

COMITÉS ÉLECTORAUX

— LEUR BUT —

Inquiets de la puissance que pourrait avoir, à un moment donné,
la triade coalisée (*Siècle, Presse, Opinion nationale*), un grand
nombre de démocrates résolurent d'écarter les journalistes des comités électoraux qu'on allait essayer de former, en disant : Adversaires ou partisans de la théorie de M. Nefftzer, on est bien forcé
de reconnaître qu'il sera toujours facile de mettre en doute l'indé-
pendance d'un rédacteur en chef, gérant d'une propriété soumise
au régime des *communiqués* et des *avertissements*.

La presse en tutelle, le droit de réunion suspendu, tout le monde
comprit la nécessité de former un Comité central, afin de grouper
toutes les forces. Ce fut dans ce double but : réunir la démocratie
tout entière, et s'imposer, s'il était nécessaire, aux journalistes,
au lieu de subir leurs prétentions, que se formèrent sur divers
points de Paris des réunions électorales.

L'ABSTENTION ET L'ACTION

La division du parti démocratique apparut dans toute son évidence, dès qu'on voulut déterminer la ligne de conduite à suivre dans les élections. Deux systèmes étaient en présence : *l'abstention et l'action.*

La phalange abstentionniste était composée, en grande partie, des républicains de la veille, des anciens fonctionnaires de la république, des représentants des Assemblées constituante et législative, membres actifs d'un gouvernement, qui commença par abolir le serment politique décrédité par tant d'apostasies; ils refusaient de s'y soumettre, et ne pouvaient logiquement, conseiller de le subir. Scrupule respectable : ces hommes, atteints dans leur conviction politique, blessés dans leur dignité personnelle, se retranchaient derrière le principe de la souveraineté du peuple, et ne voulaient voir dans le suffrage universel, tel qu'il s'exerce aujourd'hui, qu'un moyen de protester négativement. Rien ne put vaincre leur résolution. Niant le résultat de l'opposition des Cinq, prévoyant que les prochaines élections, ne feraient arriver au Corps législatif que, quelques opposants de plus, ils s'évertuaient à expliquer leur théorie. Le bulletin blanc serait une éclatante protestation contre les candidatures officielles, la pression administrative, l'absence de liberté de la presse et de réunion. Un publiciste célèbre préparait alors une brochure sur ce sujet, et quelques-uns de ses arguments étaient déjà tombés, pour ainsi dire, dans le domaine public. En vain disait-on aux abstentionnistes : Le pays veut voter, les ouvriers ne comprennent rien à votre théorie du bulletin blanc; ils ne voteront pas du tout, n'iront pas même chercher leurs cartes, ou ils mettront dans l'urne un nom, quel qu'il soit, s'il signifie opposition. Le peuple n'entend rien à toutes vos déductions; il a besoin, il veut, une plus grande somme de liberté, il le dira, par un acte visible, parlant. C'est un fait devant lequel toute votre éloquence viendra se briser. Très-peu furent ébranlés; ils se contentaient de répondre : Si le peuple n'est pas partisan de l'abstention, c'est qu'il ne la comprend pas, il faut la lui expliquer.

Mais, reprenait-on, vous voulez donc le laisser s'énerver dans cette inertie politique que vous lui conseillez depuis dix ans? Vous n'êtes plus en face de la génération de 1848; tout ce qu'il y avait à cette époque d'hommes politiques intelligents, influents dans les masses populaires, a péri ou a été dispersé dans la tourmente qui s'est terminée le 2 décembre 1851. En présence du silence imposé à la presse et à la tribune, par fatigue aussi le peuple semblait s'être endormi Mais une génération nouvelle, qui n'a point pris part aux événements de 48 et n'a point, comme vous, le ressentiment de la défaite, qui n'est point découragée par les espérances déçues, une génération semble s'éveiller pleine d'ardeur et d'aspirations vers la liberté. Comprimée dans ses élans par le mutisme qui nous est imposé, elle n'a pu faire surgir des hommes nouveaux. C'est une agglomération de soldats ; les laisserez-vous sans guide, sans direction, exposés à se tromper ? car ils ne resteront pas immobiles, le mouvement est le privilége de la jeunesse. Mais avec la ténacité d'un parti pris, d'une conviction faite, qui ne veut tenir compte ni des circonstances, ni du possible ; avec une ténacité qui ne veut pas compter avec l'esprit général, et qui dans cette occasion ne devait aboutir qu'à l'impuissance, ils recommençaient courageusement l'exposé de leur théorie ; et, pour conclure, ils ajoutaient : Le bulletin blanc n'est point l'immobilité, c'est un acte clair, précis, une protestation sans ambiguïté, sur la signification de laquelle il est impossible de se méprendre, dont on ne peut nier la portée ni dénaturer l'esprit. C'est cela qu'il faut faire comprendre aux électeurs.

Le groupe considérable qui prêchait l'action était composé d'éléments plus divers. On y remarquait des hommes que les événements de Février avaient mis à la tête du gouvernement. On y voyait des démocrates sincères, mais qui refusaient de se courber sous le joug d'un dogme inflexible, disant : qu'en ce monde tout est relatif, et que dans la pratique, au lieu de s'obstiner à la poursuite d'un idéal absolu, il était permis, il était sage de modifier sa conduite en raison du temps et des circonstances. Enfin, toute une pléiade de jeunes politiques, descendus dans la lice depuis 1852. Pour ceux-ci, irresponsables de la défaite, leur amour-propre n'a point à compter avec les antécédents, le désir d'être utiles, la confiance en soi, le besoin d'activité, sentiments naturels chez des hommes nouveaux, chez quelques-uns l'ambition, la vanité, l'intérêt, les poussaient tous invinciblement à accepter le débat sur le terrain choisi par le gouvernement. Ils se sentaient d'autant plus forts que le peuple qui, depuis dix ans, se partageait entre les deux systèmes, déclarait presque unanimement vouloir user de son droit, non-seulement en l'absence de la liberté de la presse, du droit de réunion, mais surtout parce que ces droits, compléments logiques nécessaires du suffrage universel, lui étaient refusés depuis si longtemps.

Son vote devait être et fut un acte de revendication.

COMITÉ CARNOT

L'impossibilité de se convaincre mutuellement reconnue, la question ne changea point, mais se déplaça. Chacun s'occupa de préparer le terrain pour obtenir dans le comité futur une majorité favorable à son opinion. Deux réunions successives eurent lieu chez M. Carnot ; la discussion fut bien un peu confuse, les avis partagés. Les uns voulaient précipiter l'élection du Comité, les autres la retarder. Aucun ouvrier n'avait été invité à ces réunions et la remarque en fut faite par M. Gambon, tandis que dans une lettre adressée à M. Carnot, M. Ch. Beslay déclinait l'honneur d'assister à des réunions de démocrates où les travailleurs n'étaient point représentés. Il fut alors décidé, à l'unanimité, qu'un certain nombre d'ouvriers participeraient à la nomination d'un

Comité central de vingt-cinq membres, nommés au scrutin secret et à la majorité relative.

L'époque proposée pour l'élection était en réalité si proche que les différentes réunions auraient voté sans avoir pu s'entendre. D'un commun accord, plusieurs groupes déjà formés nommèrent chacun cinq délégués, chargés de présenter à M. Carnot les propositions suivantes :

1° Ajournement de l'Élection;

2° Faculté de proposer des adjonctions et des radiations;

3° Dans l'impossibilité de réunir tous les électeurs. Une convocation générale des Délégués. Cette convocation fut fixée au dimanche 19 avril.

Le dix-huit avril trente délégués, représentant six groupes, s'entendirent sur les points importants. Ce fut dans cette réunion que les ouvriers posèrent le principe des candidatures ouvrières. Il fut déclaré que cette question ne pouvait être résolue que par le Comité qu'on allait nommer.

La réunion générale eut lieu le lendemain 19 avril chez M. Carnot. Parmi les délégués, plus d'un n'était pas sans inquiétude sur le résultat de la séance. Sans mettre en doute la probité politique et le dévouement de M. Carnot, on soupçonnait les personnes qui l'entouraient habituellement de vouloir user de leur influence pour lui faire accepter la tutelle des journaux, tandis qu'au contraire, l'esprit des délégués leur était hostile.

Une autre crainte agitait les esprits. M. Carnot avait témoigné le désir de voir les membres du gouvernement de 48, MM. Pagès, Marie, Crémieux, Albert, faire partie du Comité central. Et, relativement à la formation de ce Comité, il avait tout un petit système qu'il exposait complaisamment. A son avis, il aurait dû être composé : des quatre membres du gouvernement provisoire, de quatre membres de l'Institut, de quatre publicistes, de quatre avocats, etc., etc.; tout allait par quatre.

La partie plus délicate de ce petit programme, la seule du reste sur laquelle M. Carnot semblait insister, était la nomination des quatre membres du gouvernement provisoire de 48. Les noms de MM. Garnier-Pagès et Marie soulevaient chez plus d'un démocrate certaines répugnances, et parmi les ouvriers, une opposition presqu'unanime. M. Garnier-Pagès porte encore aujourd'hui (malgré sa lettre de justification ou plutôt de glorification) le poids des 45 centimes qui firent dans les campagnes tant de mal à l'idée républicaine. Le nom de M. Marie est inséparable, pour le peuple de Paris, de la brusque dissolution des ateliers nationaux; non pas à cause de la dissolution elle-même, aucun homme raisonnable ne défend cette absurde tentative, mais parce qu'on se souvient encore de la façon autoritaire dont il y fut procédé. L'irritation et la rancune contre M. Marie s'expliquent en ce sens que, malgré leur déplorable et funeste organisation, les ateliers nationaux étaient à cette époque le seul acte qui semblait consacrer un droit antérieur et supérieur, celui de vivre en travaillant. C'était par intuition, et non théoriquement, que le peuple attachait à ce fait une si grande importance. En substituant à ce droit la vieille panacée des temps passés, l'aumône, et cela brusquement, avec hauteur, on avait blessé dans leur dignité un grand nombre de citoyens. Le jour où M. Carnot formula son désir aux ouvriers délégués du groupe du temple, des observations lui furent faites immédiatement. M. Carnot prit chaudement la défense de MM. Pagès et Marie, dit qu'on les accusait injustement. «Même en se plaçant à ce point de vue, lui fut-il répondu, comme nous ne pouvons cathéchiser individuellement tous nos camarades, leur dire et leur prouver ce que vous nous affirmez, le fait subsiste, et nous craignons fort que votre désir ne puisse se réaliser.» Mais chez M. Carnot c'était une idée fixe, il l'exprimait de nouveau quelques jours plus tard dans deux lettres dont nous citons quelques extraits (26 et 27 avril) :

Si, au lieu de rendre hommage au gouvernement provisoire de 1848 dans la personne de ceux de ses membres qui vivent encore, on se met à les discuter individuellement dans leur passé, et à faire un choix entre eux, je ne ferai pas partie du comité. Il n'y a pas d'avenir pour un parti politique où chacun se livre à ses rancunes et à ses préférences sans souci de l'intérêt général.

Et dans la seconde :

Il semble que le mal qui nous menace soit l'œuvre de quelques hommes seulement : les uns trompeurs, les autres trompés ; et alors il ne serait pas sans remède.
On me signale surtout des influences de police qui exploitent l'esprit de secte, pour jeter le trouble et le désaccord parmi nous.

Ainsi, selon M. Carnot, les électeurs devaient d'abord rendre hommage au gouvernement provisoire dans la personne des quatre membres. Que telle soit son opinion personnelle, c'est son droit, mais qu'il veuille l'imposer à tous, c'est assurément de l'arbitraire. Qu'après avoir accepté le principe de l'élection et participé au vote, il déclare que dans certain cas il ne s'y soumettra point, c'est de la dictature. Et que, pour couronner l'œuvre, il essaye de flétrir ceux qui ne pensent pas comme lui en les faisant les instruments niais ou intéressés de la police, c'est tout bonnement de la calomnie. L'illustre père de M. Carnot, animé du feu sacré qui alors enflammait tous les patriotes, contribua par un courage héroïque à Wattignies à sauver la France de l'invasion, il sut organiser la victoire. Le fils, docile au vent qui soufflait de la rue Montmartre et de la rue du Croissant, ne sut que désorganiser le Comité, qu'il avait tenu sur les fonts de baptême.
Un incident prouva, dès le début de la séance, que la majorité des délégués était en garde contre l'intervention des journalistes. M. Dréo s'étant présenté comme délégué d'un Comité consultatif, où siégeaient plusieurs rédacteurs du *Siècle* et d'autres journaux, fut mis en demeure de déclarer nettement si ce Comité n'était pas formé par la rédaction du *Siècle* ou par son influence.

Il répondit que le Comité consultatif s'était constitué en dehors du *Siècle* et ne le représentait en aucune façon.

Une sorte de roideur marqua les opérations. Une erreur dans l'appel nominal fit croire un moment qu'une personne présente n'était point envoyée par un groupe. L'appel nominal fut recommencé, chaque délégué à tour de rôle déclina son nom à haute voix. M. Delestre prit la parole et dit qu'il se croyait l'interprète de la réunion en priant M. Carnot d'accepter la présidence ; l'assemblée désigna aussi pour secrétaires MM. Noël Parfait et Chassin.

Les personnes, qui s'étaient réunies les deux premières fois chez M. Carnot, avaient dressé une liste de deux cent quatre citoyens, chargés de nommer le Comité des Vingt-Cinq. Les délégués de diverses réunions obtinrent pour chaque groupe l'adjonction à la liste de 35 à 40 électeurs. Les groupes d'ouvriers en firent admettre ensemble environ 150. La liste, close et paraphée séance tenante par un délégué de chaque groupe, fut arrêtée au chiffre de 585 inscrits, la clôture du vote ainsi que le dépouillement fixés au dimanche 3 mai, et l'assemblée se sépara sans qu'une difficulté sérieuse fût venue justifier les craintes. M. Carnot, à la fin de la séance, exprimait lui-même sa satisfaction de la manière dont les choses s'étaient passées.

Il fut ultérieurement convenu, de part et d'autre, que plusieurs ouvriers feraient partie du Comité des Vingt-Cinq.

ÉLECTION DES VINGT-CINQ

Chaque groupe se mit à préparer sa liste des vingt-cinq, puis on se les communiqua mutuellement. Les ouvriers n'étant guère bien connus que de leurs camarades, on leur abandonna le choix de six d'entre eux que tout le monde promit de nommer.

Ce ne fut pas sans quelque hésitation que les ouvriers formèrent leur liste. Ils inclinaient vers les démocrates dont la nuance est la plus accusée, mais ceux-ci recommandaient presque tous l'abstention. On essaya donc de combiner les noms, de manière que le parti de l'action fût en majorité, sans écarter pour cela systématiquement des hommes, que leurs services passés ont rendus populaires.

Le 1er mai, *le Moniteur* publiait la note suivante :

Plusieurs journaux annoncent que les représentants de comités électoraux doivent se réunir prochainement pour nommer un Comité central. A cette occasion, le gouvernement croit devoir rappeler que la loi interdisant les associations de plus de vingt personnes qui se réuniraient sans l'agrément de l'autorité (Code pénal, art. 291, 292, 294), lors même que ces associations seraient partagées en sections d'un nombre moindre (loi du 11 avril 1834), les journaux s'exposeraient à la répression légale, s'ils publiaient tous actes ou manifestes de pareilles associations.

Le lendemain, les journaux publiaient à leur tour la note du *Moniteur*, suivie d'une consultation signée de MM. Dufaure, bâtonnier des avocats ; Berryer, ancien bâtonnier, A. Freslon, Victor

Lefranc, Henri Didier, Paul Andral, L. de Barthélemy, Alb. Gigot, Aug. Pougny, avocats à la cour de cassation; Chopin, avocat au conseil d'État et à la cour de cassation; Amédée Lefèvre Pontalis, Ernest Guibourd, Etienne Récamier, de Bellonye, Léon Renault, qui établissait une distinction entre les réunions périodiques et les réunions électorales essentiellement transitoires. La session du Corps législatif n'étant pas terminée, on espérait que les Cinq obtiendraient peut-être du ministre une explication nette et catégorique : il n'en fut rien. Dès lors on prévit les difficultés qu'aurait à vaincre le Comité. Malgré les réclamations unanimes des journaux de l'opposition, quelques personnes prétendaient qu'au fond ils n'étaient pas trop mécontents de la position qui leur était faite. Le gouvernement leur fournissait un argument sans réplique pour refuser toute communication d'un comité qui, selon toute apparence, devait leur enlever la haute direction des élections.

Le dépouillement du scrutin opéré le 5 mai constata le vote régulier de 377 électeurs.

Le comité se trouva constitué de fait. Avis de sa nomination devait être donné à chaque élu par le secrétaire provisoire devenu membre du comité.

Dès le lendemain, la liste des Vingt-Cinq circulait dans Paris et l'on se réjouissait en songeant que le plus fort de la besogne était terminé. Personne ne prévit que messieurs tels ou tels, quels que fussent leurs services passés ou l'autorité de leur nom, pourraient refuser lestement de reconnaître un Comité, nommé par presque tout ce que Paris compte de démocrates éprouvés et connus.

M. CARNOT PASSE A L'ENNEMI

Bientôt des bruits fâcheux circulèrent; aucune convocation n'avait été faite, malgré la publication du décret qui fixait les élections au 31 mai.

C'était chez M. Carnot que s'étaient tenues les réunions; toutes les décisions avaient été prises en sa présence. Son nom sortit le premier, avec 363 voix sur 377 votants. Cependant, très-mécontent, disait-on, d'une élection qui avait écarté du comité MM. Pagès et Marie, il voulait se retirer, le résultat n'étant pas conforme à ses indications.

Aussi l'indignation fut-elle grande, quand on apprit que plusieurs membres du Comité, M. Carnot en tête, faisaient défection. Comment expliquer cette conduite? Quelles raisons donner pour repousser les conséquences d'un vote auquel on avait pris part? Quelles allégations porter contre un Comité qu'on n'avait point voulu réunir?

Le seul argument, la seule raison qu'on donna fut celle-ci : Le Comité ne pourra fonctionner, parce qu'il est composé d'un trop grand nombre d'abstentionnistes.

Or, nous affirmons, et au moindre démenti nous le prouverions, car les noms sont là, la majorité du comité était pour l'action. Comment expliquer la conduite des déserteurs? Que les absten-

⁎⁎

tionnistes en minorité se fussent retirés devant une décision contraire à leur principe, on aurait pu trouver cette conduite impolitique, mais elle eût été compréhensible.

Mais, chose triste à dire, pour s'innocenter, M. Carnot et ses amis n'ont à invoquer ni principe ni une raison avouable; car, le matin du 3 mai, M. Carnot communiqua aux délégués chargés du dépouillement une lettre dans laquelle Me Marie conseillait de considérer comme nul et non avenu tout ce qui avait été fait, et de constituer *dictatorialement* (*sic*) un Comité.

Dès lors on vit M. Carnot, oubliant que le vote avait prononcé, désavouer ses propres actes et sacrifier à ses amitiés, à une coterie politique, les intérêts de la démocratie.

Un fait curieux, révélé par le dépouillement, aurait dû dessiller les yeux de M. Carnot : il sort le premier avec 363 voix, M. Hérold le seizième avec 208 voix, tandis que, recommandés avec instance, chaudement appuyés par eux, MM. Pagès et Marie n'arrivent que les trente-deuxième et trente-cinquième avec 112 et 97 voix. Comment M. Carnot ne fut-il pas frappé de ce résultat? Par trahison ou par tactique, une centaine de voix étaient passées à l'ennemi. Ou MM. Pagès et Marie sont réellement antipathiques au parti démocratique, puisque sur 377 votants, ils n'obtiennent que 112 et 97 voix, ou bien les personnes intéressées à la dissolution du Comité les ont écartés volontairement, pour fournir à M. Carnot un motif de retraite. N'a-t-il pas été la dupe des gens habiles qui voyaient la direction leur échapper ?

Enfin, du 3 au 10 mai, le Comité ne donna pas signe de vie. De la part des abstentionnistes, cela se comprend : ils étaient dans leur rôle, mais l'inaction des autres membres et surtout le silence de M. Carnot, naturellement chargé de la première convocation, furent d'abord, pour beaucoup d'électeurs, un mystère que les défections rapprochées de la lettre de M. Marie vinrent bientôt éclaircir, non toutefois sans soulever de justes colères.

COMITÉ DES DICTATEURS

Le 11 mai, les trois journaux coalisés publièrent la liste que les électeurs devaient quelques jours plus tard faire sortir triomphante de l'urne électorale. Cette liste contenait les noms de deux membres du comité, MM. Jules Simon et Eugène Pelletan. Nous dirons plus loin comment M. Pelletan fut mêlé à cette affaire.

Mais la plus jolie suprise que cette liste réservait aux électeurs, la plus inattendue pour ceux qui croient naïvement, à l'encontre de M. de Talleyrand, que la parole a été donnée à l'homme pour faire connaître sa pensée, ce fut d'y voir briller le nom de l'auteur du *Devoir*, M. Jules Simon ! le philosophe démissionnaire pour refus de serment, celui qui, en 1857, n'eut pas assez d'anathèmes pour ceux qui acceptaient le serment préalable; celui qui fulmina de si coléreux réquisitoires contre ceux qui déshonoraient son parti; celui qui, quelques jours avant l'élection, tonnait encore furieusement contre la servilité d'une pareille conduite !

En quinze jours, la grâce le toucha, l'esprit de mansuétude inonda son cœur et noya ses colères; il alla la main ouverte, la langue dorée, la lèvre souriante, porter benoîtement le baiser de paix à ceux qu'il avait flagellés. Ce fut un cri général de réprobation parmi les électeurs du Comité, et la lettre de M. Nefftzer à M. Ollivier, publiée dans *le Temps* du 10 mai, vint expliquer et justifier les accusations. De mémoire d'électeurs, vit-on jamais neuf ou dix personnes se réunir en comité secret et sans autre mandat que leur ambition, se partager les circonscriptions de la Seine, lorsqu'un Comité venait d'être régulièrement élu par presque tout ce que Paris compte de démocrates éprouvés, connus? Aussi l'immense majorité des citoyens pensa-t-elle pendant les premiers jours que la liste publiée par les journaux émanait du comité des Vingt-Cinq. Il fallut quelque temps pour désabuser le public et lui donner le secret de la comédie : c'était toujours cela de gagné.

Signalons, pour nous mettre au pair, deux incidents, dont l'un, le premier, passa presque inaperçu.

Pressentant les événements, M. Pelletan qui, en 1857, avait été l'adversaire malheureux du docteur Véron, mais qui pourtant avait obtenu 7,000 voix, M. Pelletan posa résolûment sa candidature, sans s'occuper du Comité ni des journaux réunis. Quoique évidemment peu sympathique à plus d'un coalisé, on dut le subir ; il avait la priorité. Cette doctrine du premier occupant fut, plus tard, un des grands arguments dont se servit M. Havin pour combattre la candidature de M. J.-J. Blanc, quand elle fut posée à côté de la sienne dans la première circonscription. L'arène électorale fut ainsi transformée en champ de course où le premier inscrit, le premier sur le terrain écartait tous les concurrents.

M. Thiers fut le héros du second. Cette fois encore, il eut la bonne fortune d'être considéré comme un dangereux adversaire et d'occuper de lui tout Paris. Depuis quelque temps, il était en coquetterie réglée avec les électeurs. Sa candidature, s'il se décidait à rentrer dans la vie politique, se trouvait assez naturellement posée dans la deuxième circonscription. Des offres lui furent faites, mais M. Thiers demandait encore une circonscription pour M. Prevost-Paradol, ou quelque autre personne de la même nuance politique. C'était trop; on ne put s'entendre, et les négociations furent rompues sur ces mots de M. de Girardin, surnommé depuis le *pape* des élections : « M. Thiers est une illustration ; M. Paradol n'est qu'une opinion. » M. Laboulaye, déjà candidat en 1857, fut alors porté sur la liste Havin-Guéroult. Quelques jours plus tard, cédant (enfin !!!) aux *instances* d'électeurs influents, le belliqueux ministre de 1840 *consentait* à poser sa candidature, et M. Laboulaye se désistait. A partir de ce jour, 16 mai, les trois journaux publièrent le nom de M. Thiers sur la liste de l'opposition, que beaucoup de personnes persistent à désigner sous le nom de : Liste de coalition.

Au point de vue démocratique, cette candidature était malheureuse. Que, désespérant de faire passer un candidat en concurrence avec M. Thiers, on ait abandoné cette circonscription, cela pouvait s'expliquer. Mais de là à le patronner, il y a loin. Quand et comment M. Thiers a-t-il servi la cause démocratique, la liberté?

A M. Thiers, ministre, nous devons les lois de septembre et le décret déclarant Paris en état de siége. En 1848 et 1849, adversaire acharné de toute idée nouvelle, et un des membres les plus actifs du club de la rue de Poitiers, M. Thiers, savant économiste, nia tout au moins, faute de le comprendre, le principe fécond de l'association et ne sut recommander que la charité pour soulager la misère du peuple. Puis, quand la législative, n'osant rétablir le cens électoral, voulut, par une réglementation abusive, réduire le nombre des électeurs. M. Thiers se montra l'ardent champion de cette loi rétrograde du 31 mai, conçue dans un faux et mauvais esprit, loi haineuse qui tronquait hypocritement le suffrage universel et dont la mise en pratique révéla les résultats les plus injustes et les plus bouffons. Aussi, quand on vit la presse coalisée, dont le devoir était d'éclairer les citoyens, recommander un pareil candidat au suffrage des démocrates, et donner des louanges hyperboliques à son intarissable faconde, plus d'un électeur fut dérouté. Illustre tant que vous voudrez, disaient les ouvriers, s'inquiétant peu de tactique électorale, mais illustre surtout pour avoir combattu la liberté et la démocratie. Aujourd'hui notre allié, M. Thiers, demain, sera certainement notre ennemi.

Quant au gouvernement, il ne voulut voir dans ce candidat que la personnification de l'orléanisme, et M. de Persigny, dans une circulaire qui fit émotion, mit à le combattre une ardeur qui devait assurer son succès. Le public considéra dès lors l'élection comme assurée et formula son opinion par ce mot : *Thiers consolidé.*

DISSOLUTION DES VINGT-CINQ

En apprenant la défection qui décapitait le Comité, plusieurs de ses membres se réunirent, mais sans prendre aucune décision. Quelle déception, et combien furent froissés par la conduite inqualifiable des déserteurs, des journalistes, des ex-députés! Aux griefs communs s'ajoutait encore pour les ouvriers une cause d'irritation qui leur était particulière. Ils avaient l'intention bien arrêtée de demander au Comité deux circonscriptions pour les candidatures ouvrières. En s'appuyant sur lui, ils avaient bâti sur le sable, leur château s'écroulait. Aussi ne pouvaient-ils se résoudre, sans mot dire, à s'incliner devant le fait accompli. Les délégués des mécaniciens envoyèrent à M. Carnot une lettre dans laquelle ils protestaient vivement contre sa façon d'agir, vraiment cavalière. D'autres délégués, appartenant aux groupes du Temple et des Travailleurs-Unis, rédigèrent une protestation virulente dont nous ne pouvons donner que des extraits, mais qui peuvent faire juger de l'état des esprits. Les journaux auxquels on la présenta refusèrent de l'insérer :

« Dès l'origine de la campagne électorale, plusieurs citoyens, réunis sur divers points de Paris, ont pensé qu'il était bon de prendre l'initiative d'une liste démocratique où seraient représentées les diverses fractions de la population parisienne. De ces réunions partielles, formées spontanément sans convocation ni exclusion, est sortie la commission dite des Vingt-Cinq. Les ouvriers y avaient leurs délégués dans la proportion d'un cinquième.

» Les électeurs de cette Commission des Vingt-Cinq acceptaient d'avance la liste qui serait contradictoirement discutée par elle, quand le coup d'Etat des Cinq, réunis aux journalistes, vint mettre hors de cause brutalement, dictatorialement, cette Commission.

» On nous avait appelés pour répondre oui sur toutes les questions, et, avant même de savoir si quelques-uns se proposaient de dire non, sur certaines prétentions, on a passé outre. L'*opposition*, comme l'*administration*, aura des *candidats octroyés*.

» Ils ne sont pas modestes messieurs du Comité Havin, Guéroult, Ollivier et consorts. Sur neuf candidats, on compte six journalistes hommes de lettres et trois avocats, point d'industriels, de négociants, d'ouvriers.

» Il ne faut pas oublier que ces neuf candidats, l'élite de la population française apparemment, sont les dispensateurs de la publicité; que leurs journaux, assez puissants pour disputer le scrutin à l'administration, ont mis pendant quelques jours l'éteignoir sur toutes les candidatures en dehors de leur coalition; que le public est convié à dire oui sur tous les points, et que les *électeurs protestant* seront traités d'*ennemis de la liberté, de mauvais démocrates.*

» Si faible que soit notre voix, nous ne laisserons pas passer une pareille usurpation sans dire notre avis.

» Nous nous permettrons de prendre à partie deux candidats les plus importants par leur rôle de publicistes, ceux qui font largesse de candidatures.

» Les rédacteurs en chef du *Siècle*, de *l'Opinion nationale*, impérialistes de la gauche, selon l'expression d'un de leurs antagonistes de la droite, exploitent à leur avantage et à celui de leurs actionnaires une veine dite démocratique d'un riche produit.

» Protester, récriminer, c'était bon pour un moment; mais cela ne menait à rien : on résolut d'agir. Une réunion des membres restant du Comité fut provoquée, afin de savoir nettement ce qu'ils comptaient faire, et s'ils étaient disposés à appuyer des candidatures ouvrières. Douze membres sur vingt-cinq étaient présents à cette réunion, un fait qu'il est bon de noter prouve comment la conduite de M. Carnot était jugée par ses coreligionnaires politiques, ses anciens collègues, des amis de longue date. Le secrétaire, M. Noël Parfait, dit que la veille MM. Carnot et Jules Simon l'avaient chargé d'annoncer au Comité qu'ils désiraient présenter quelques explications. Onze voix sur douze refusèrent de les entendre, et le vote fut ainsi motivé. Si la retraite de ces messieurs n'avait pas été suivie d'actes, s'il n'y avait que du temps perdu, si une entente était possible, on pourrait les écouter, mais il y a des faits qu'eux-mêmes ne pourraient aujourd'hui ni changer ni dé-

***

truire, des faits qu'on peut attaquer ou subir en faisant ses réserves pour l'avenir, en protestant. Mais une réconciliation nous ferait accepter la responsabilité d'une conduite que nous blâmons énergiquement ; nous n'avons rien à entendre[1]. »

A la suite d'une vive discussion les membres présents adoptèrent les résolutions suivantes :

Que le Comité ferait annoncer par les journaux qu'il était étranger aux candidatures qui s'étaient produites jusqu'à ce jour ; que dans l'état des choses ils n'avaient point à chercher ni à proposer des candidats, mais que, s'il s'en présentait devant lui, de leur propre mouvement ou proposés par des groupes, il verrait alors s'il pouvait les recommander aux électeurs.

Quoique peu satisfaits d'une réponse aussi évasive, les ouvriers se réunirent et choisirent immédiatement des candidats. Mais, le jour où ils se présentèrent pour informer le Comité du choix qu'ils avaient fait, on leur annonça que celui-ci venait de se dissoudre. Ce dénoûment était prévu, le départ de M. Carnot et les faits qui en avaient été la conséquence avaient frappé ce Comité d'impuissance.

LES DISSIDENTS ET LES NOVEMVIRS

Dans cette situation les ouvriers se décidèrent à imiter les hommes qui posaient leur candidature à côté de celle des dictateurs. C'est ainsi que fut appuyée tardivement, comme on l'a répété à satiété, la candidature de M. J.-J. Blanc, et plus tard encore celle de M. Coutant. Du reste, les dissidents ne manquaient pas, M. Havin comptait déjà M. de Lasteyrie. M. Guéroult voyait chaque jour se lever un nouvel adversaire ; ce furent MM. Cochin, Paradol, Jouvencel, Dupuis. M. Darimon eut d'abord pour concurrent M. J.-J. Weiss, qui ne posa sa candidature que comme une protestation contre une impudente dictature. Aussi se désista-t-il aussitôt que M. Cantagrel fut proposé par le Comité de la septième circonscription, non par conformité d'idées, mais parce que le nom de l'honorable M. Cantagrel semblait présenter plus de chance de réussite, en même temps qu'il était aussi une énergique protestation. Dans la huitième, M. Jules Simon eut pour compétiteur M. de Milly. Ah ! n'oublions pas M. Mahias, qui posa puis retira sa candidature sans que personne ait jamais pu deviner pourquoi. Pendant ce temps, la polémique continuait dans les journaux *le Temps* et le *Courrier du Dimanche*. Les trois journaux coalisés firent d'abord la sourde oreille, mais M. de Girardin, un peu moins compromis, se chargea de répondre à tout et à tous. Seul contre tant d'ennemis, cela dut plaire à sa nature batailleuse, à son esprit ergoteur qui se soucie peu d'être pris en flagrant délit de contradiction. Le grand homme traita ses adver-

---

1. Malgré cette décision, M. Carnot se présenta seul à une autre réunion ; mais au lieu de la déférence qu'on lui témoignait d'habitude, il dut entendre de la part de MM. Fornet et Albert une verte remontrance approuvée par les membres présents.

saires par-dessous la jambe et crut de bon goût de répondre à des arguments par de gros mots. Le grand-prêtre de la liberté illimitée devint le frère prêcheur de la discipline et de l'obéissance passive. Père putatif de la théorie des députés orateurs [1], il patronna le mutisme dans la personne de M. Havin. Pourquoi s'en étonner ? Avec une dextérité merveilleuse qui n'a d'égale que sa versatilité, l'habile prestidigitateur a pour toutes les circonstances, pour tous les événements, une idée nouvelle, une solution toute prête, d'autant plus chérie, choyée, qu'il est seul à la prôner. Sous son gobelet magique la muscade apparaît et disparaît sans qu'on sache pourquoi ni comment; vous la croyez blanche, elle est rouge; vous la croyez rouge, elle est bleue. Il entasse Pélion sur Ossa, violente les faits, confond les époques, refait l'histoire de la Lorraine pour combattre la nationalité polonaise [2], étourdit, déroute son lecteur perdu dans le fouillis inextricable de mille alinéas contradictoires. Mais à quoi bon discuter avec lui ? dans ses nombreuses transformations le nouveau Protée suffit à se réfuter lui-même.

Malgré les protestations de dévouement des novemvirs, il est bien difficile de croire à leur désintéressement. Si, guidés par l'intérêt général, poussés par le désir de faire triompher le principe de liberté, le Comité secret avait choisi les candidats en dehors de lui, on aurait pu prendre le change. Mais point ; ces apôtres du bien public, réunis hâtivement, craignant l'arrivée de nouveaux convives, prirent place avant l'heure au banquet électoral et se partagèrent le gâteau. Quelques-uns d'entre eux avaient été en butte à des accusations de tiédeur, de trahison même; c'est l'absinthe des hommes politiques, et sans doute cet apéritif libéralement versé fit avancer l'heure du festin.

Même parmi les démocrates les plus avancés on avait recommandé l'alliance, la coalition sur le terrain électoral. Mais la liste des journaux ne fut point le résultat d'une entente entre des hommes de partis différents, qui, rapprochés par une estime réciproque, cherchaient ensemble à obtenir une plus grande liberté. Ce fut une coalition d'intérêts personnels entre des hommes qui s'étaient injuriés la veille et qui recommenceront demain.

---

1. En réalité il ne fit que l'adopter.

2. A ce sujet, l'homme d'État bouffe nous donne depuis six mois le spectacle d'un écœurant exercice : la Pologne libre dans la Russie libre; le civilisé, le Polonais attendant la liberté, l'émancipation du bon plaisir du Russe. Depuis six mois, méconnaissant la voix de l'humanité, sacrifiant à son incurable vanité les intérêts de la France démocratique, sans qu'un mouvement d'horreur, sans qu'un sentiment généreux ait un seul instant fait hésiter sa plume de gazettier, cet homme argumente imperturbablement sur des cadavres.

Que croire, que penser de cette polémique, pour qu'elle ne semble pas hideuse ?

Eh ! rhéteur, allez d'abord convaincre le bourreau avant de convertir les victimes.

Aux incrédules, à ceux qui disent : Est-il bien vrai que des hommes qui se prétendent démocrates aient pu se rire dédaigneusement du parti qu'ils veulent représenter ? nous recommandons la lecture d'un article de M. de Girardin, intitulé : *les Réélections à Paris* (*Presse* du 1er novembre). Ils y trouveront l'aveu que voici :

« *S'il m'eût convenu*, en 1863, d'être candidat aux élections de Paris, *il ne dépendait que de moi de m'inscrire* sur la liste des trois journaux, au même titre et de la même façon *que s'y sont inscrits* MM. Guéroult et Havin. J'y avais les mêmes droits qu'eux. »

Si vous pouvez, doutez encore.

Maintenant, voici pour l'avenir.

« Lorsque, *d'accord avec les députés de la* Seine, il s'agira de *pourvoir* aux deux sièges qui vaqueront à Paris, MM. Guéroult et Havin peuvent donc compter *qu'ils me retrouveront* absolument *le même* que j'étais au 31 mai dernier. »

Les grands électeurs vont s'entendre et nous choisir deux candidats. Citoyens, dormez en paix, le Comité de salut public veille pour vous.

RÉUNIONS ÉLECTORALES PUBLIQUES

Malgré l'extrême agitation qui signala les derniers jours de la période électorale, il n'y eut que de petites réunions particulières, et peu de réunions publiques. Les électeurs ne croyaient pas que le gouvernement les permettrait. Pourtant elles furent tolérées : Il y eut deux réunions publiques dans la septième circonscription, pour soutenir la candidature de M. Cantagrel. Invité par une lettre à la seconde réunion, M. Darimon répondit qu'il ne pouvait s'y présenter. Dans la cinquième, une réunion très-nombreuse (2000, dit-on), provoquée par M. Frédéric Lévy, se sépara aux cris de vive Jules Favre. Deux encore, rue et chaussée Ménilmontant; dans la première, la réunion nomma une commission de dix membres chargés de s'enquérir des intentions du comité des Vingt-Cinq, et, au besoin, de s'adjoindre à lui. Dans la seconde, tenue après la dissolution du Comité, l'assemblée discuta les candidats et fit connaître ses décisions dans une lettre publiée par le journal *le Temps*. Enfin, dans la première circonscription, une réunion, boulevard du Roi de Rome, à laquelle M. Havin fut invité ; il s'y présenta, escorté de MM. André Pasquet et Auguste Luchet. Leur secours ne lui fut pas inutile; car, malgré le grand nombre de voix qu'il obtint, sa candidature fut vigoureusement attaquée. On lui reprochait son empressement à supplanter M. Picard, sa participation à la cuisine du Comité secret, l'offre de le décorer de la Légion d'honneur et la fameuse circulaire de Thorigny-sur-Vire [1].

1. A MESSIEURS LES ÉLECTEURS DU CANTON DE THORIGNY-SUR-VIRE.

Messieurs,

Je remercie M. Duval-Duperron de me fournir l'occasion de démontrer

A ces reproches M. Havin, avec l'éloquence, la facilité d'élocution qu'on lui connaît, répondit : « En maintenant ma candidature dans la quatrième circonscription, je n'aurais fait qu'user » du droit de tout citoyen, pourtant je me suis retiré. Je suis innocent de toute intrigue pour la formation du Comité qu'on » appelle secret, car j'aurais appuyé le comité des Vingt-Cinq s'il » eût fonctionné, *puisque je l'avais promis.* Pourquoi ce comité » ne s'est-il pas réuni? pourquoi s'est-il dissous? Étranger à tout » ce qui s'est fait, je l'ignore complètement. Un jour on est venu » m'annoncer que le Comité n'existait plus. Devait-on laisser les » électeurs voter à l'aventure en face des candidats officiels? c'é- » tait impossible! Il fallait agir promptement dans l'intérêt de la » démocratie. » Rendons grâce à l'illustre directeur du *Siècle* qui s'était trouvé là, tout prêt à prendre nos destinées en ses puissantes mains; à ce fervent ami des lumières qui sut garder un si religieux silence sur ses compétiteurs; au cœur innocent et pur, que l'ambition personnelle n'atteignit jamais. Quant à la célèbre circulaire de Thorigny-sur-Vire, il s'en faisait volontiers un titre de gloire, « puisqu'on lui avait témoigné une bienveillance, offert un appui » qu'il n'avait pas sollicité, et qu'il s'était empressé de refuser. » Mais, avouons-le, hélas! malgré sa parole attendrie ou indignée, M. Havin n'a pas convaincu tout le monde. Ses adversaires sont

publiquement que les calomnies qui sont colportées depuis 15 jours dans le canton de Thorigny, et de déjouer d'odieuses manœuvres.

Lorsque le décret des 45 centimes a été publié, j'étais, vous le savez, à Saint-Lô; j'administrais le département de la Manche. Dans des lettres qui ont été conservées au ministère des finances, mon regrettable ami M. Vieillard et moi, nous faisions au gouvernement provisoire les observations les plus vives contre cette mesure, aussi impolitique qu'inopportune.

Quant à la défense de l'ordre, c'était, revêtu de l'écharpe de représentant, que je combattais, au péril de ma vie, l'insurrection, comme je combats, aujourd'hui, sans danger, tous les ennemis de la révolution française. J'ai un avantage sur M. Duval-Duperron; s'il a été neuf ans votre représentant au conseil général, je l'ai été vingt ans et je crois avoir rendu plus de services que lui.

M. le ministre de l'intérieur m'a offert spontanément de m'appuyer à Thorigny-sur-Vire.

L'empereur a bien voulu me faire écrire par son secrétaire, M. Mocquart, qu'il voyait avec plaisir ma candidature, et qu'il avait apprécié, lors de la guerre de Crimée, et depuis le commencement de la guerre d'Italie, mon loyal et patriotique concours.

Enfin, M. le préfet a recommandé à MM. les maires de se montrer bienveillants pour ma candidature.

Toutes ces marques d'estime m'ont d'autant plus touché que je ne les ai point sollicitées.

C'est à vous maintenant, messieurs, à vous prononcer, à choisir entre M. Duperron et moi.

Quelle que soit votre décision, croyez à mon très-affectueux dévouement.

Thorigny, 16 juin 1861.

L. HAVIN.

encore à comprendre la bienveillance du gouvernement à son égard, et l'offre d'appuyer sa candidature semble toujours un phénomène auquel les démocrates ne sont pas habitués de la part de l'administration. Pour eux, M. Havin porte au cou l'attache officielle.

Enfin, la candidature de M. J.-J. Blanc parut à MM. Havin et Pasquet impolitique, inopportune et surtout tardive. Sans le savoir, sans le vouloir, M. Blanc servait les ennemis du *Siècle*. Selon ces messieurs, *le Siècle* a de nombreux ennemis! Jadis les triomphateurs étaient suivis d'un esclave chargé de les insulter, pour leur rappeler qu'ils étaient hommes. Moins tolérant que les Romains illustres, M. Havin souffrait d'un blâme ou d'une contradiction.

Mais ce qui remplissait surtout son cœur paternel de tristesse et d'amertume, c'était de voir que pour poser la candidature ouvrière on avait choisi, de préférence aux huit autres, sa circonscription à lui, « l'homme dévoué aux intérêts des ouvriers! leur défenseur zélé! leur ami sincère! » C'était donc là, peuple ingrat, le baume que tu réservais pour panser les blessures reçues à ton service! car, sache-le bien, si le vétéran de la démocratie ne te les a pas montrées, c'est par pure modestie.

La réunion de la Chapelle, qui compta environ 800 personnes, fut peut-être la plus intéressante de toutes. Là, se trouvaient réunis MM. Ferdinand de Lasteyrie, J.-J. Blanc et l'ardent propagateur, le défenseur officiel de la candidature Havin, M. André Pasquet. M. Havin avait adressé au président la lettre suivante :

Monsieur,

Je ne puis avoir l'honneur d'assister à la réunion à laquelle vous avez bien voulu me convoquer. Ce qui diminue toutefois mes regrets, c'est que les personnes qui doivent se réunir ce soir, sont en majorité les mêmes que j'ai déjà vues Grande-Rue de la Chapelle, 43, et boulevard du Roi de Rome.

Je crois avoir répondu à la satisfaction de tous aux questions qui m'étaient adressées, et avoir témoigné que je ne confondais pas l'honorable M. Blanc avec les ennemis du *Siècle* qui ont voulu *exploiter sa candidature.*

L. HAVIN.

Cette lettre, diversement appréciée, commentée, faillit soulever un orage. Pourtant l'assemblée écouta avec beaucoup de calme et d'attention, d'abord M. de Lasteyrie, puis M. Blanc, ainsi que les ouvriers qui soutinrent la candidature ouvrière. Mais la tempête se déchaîna aussitôt que M. Pasquet, invité à développer ses raisons pour soutenir M. Havin, s'écria d'un ton emphatique : *La candidature d'un homme comme M. Havin! d'un homme qui depuis douze ans est le directeur politique du* Siècle!!! *Une pareille candidature!!! se pose d'elle-même; si on l'attaque, je la défendrai.* Le tumulte fut alors indescriptible; les interpellations se croisèrent de tous côtés. Dix orateurs pour un demandèrent en même temps la parole pour attaquer *le Siècle* et son directeur politique. Au milieu du bruit, les défenseurs et celui-ci se mirent à crier : *Vive Havin !* sur l'air *des Lampions*. M. Garnier-Pagès prit la parole et demanda que le candidat ne fût point discuté. A son avis, il ne fallait point essayer de discréditer un homme pour lequel, en définitive, on serait peut-être obligé de voter. Ce fut en vain qu'il exhorta l'assemblée à se montrer conciliante et calme ; le tumulte allait croissant. L'heure avançait, il fallait en finir. Un ordre du jour motivé, qui ne devait être appuyé et combattu que par un orateur de chaque opinion, fut appuyé par M. Gambetta au milieu des cris et des interruptions. La réponse de M. Pasquet, faite sur le même ton que sa précédente harangue, souleva tant de protestations, tant de démentis donnés à ses assertions, qu'il devint manifestement impossible de continuer la discussion. On voulut passer au vote, mais une partie des havinistes (c'est l'expression dont on se servit alors) évacuèrent la salle aux cris de : *Vive Havin !* toujours sur l'air des *Lampions*. Il était près de minuit. Enfin, après bien des efforts et un vote deux fois répété, la majorité déclara n'accepter pour candidats que MM. Lasteyrie et Blanc; cinq cents personnes étaient encore présentes à la proclamation du résultat.

MANIFESTE ABSTENTIONNISTE

Un fait encore, afin d'indiquer à peu près tous les événements. Un Comité abstentionniste s'était formé à Paris. La veille des élections, il fit répandre à profusion un manifeste résumant sa doctrine. Dans tout autre moment, ce manifeste aurait pu rallier bien des électeurs indécis; il n'en fut rien, l'élan contraire était donné. Parmi les abstentionnistes eux-mêmes, beaucoup n'espéraient pas mieux; ils s'étaient bien aperçus que le pays voulait voter. C'est qu'en effet le peuple ne se laisse pas guider souvent par une théorie, quelle que soit sa valeur. Les déductions abstraites de la métaphysique ont peu de prise sur lui. Presque toujours, dans les occasions décisives, il suit l'impulsion du sentiment beaucoup plus volontiers que la raison pure. Animé du désir de faire triompher la liberté, habitué à l'action, il voulut agir, affirmer sa volonté par un acte. Même parmi ceux qui lui prêchaient l'abstention, plusieurs avaient compris ce mouvement et le voyaient sans trop de mécontentement; la séve circulait dans le corps électoral, qu'on avait accusé de torpeur et de démission. Malgré cela, hommes de théorie, ils restèrent à l'écart, gardiens d'un principe que, dans leur pensée, il était dangereux d'abandonner.

VICTOIRE DE L'OPPOSITION

SIGNIFICATION DU VOTE

Le résultat dépassa les espérances; jamais Paris n'avait donné une majorité si imposante à l'opposition. Victorieuse sur toute la ligne, la coalition put chanter à son aise : Gloire aux électeurs ! Les dissidents eux-mêmes admirèrent sincèrement ce peuple qui, dans ce jour, ne fut en réalité qu'un seul homme, un seul esprit.

Sans doute, une coalition d'intérêts et de vanités avait triomphé par des moyens que la démocratie réprouve. Sans doute, les avocats de la liberté s'étaient faits dictateurs. Les Cinq avaient abusé de leur popularité. Sans doute, trois journalistes, confisquant la publicité dont ils disposaient en vertu d'un privilége, s'étaient imposés au pays, en mettant les journaux, organes naturels de l'opinion publique, au service d'ambitions individuelles. Sans doute, plus d'un beau nom avait sombré dans la bourrasque; mais le peuple, lui, n'avait point perdu de vue le but qu'il voulait atteindre. Son vote, admirable d'union, fit oublier les petites ruses, les défections, les palinodies de ses guides et de ses éducateurs.

Ce qui ressort de ces faits d'une manière incontestable, c'est la dissolution des anciens partis; les électeurs, sans consulter leur opinion personnelle, sans s'inquiéter de la valeur réelle et des tendances politiques de ces hommes, ont voté unanimement, sans rien entendre [1]. Ce qu'ils voulaient, c'était faire monter jusqu'au pouvoir un immense cri de liberté. Tel est, à notre avis, l'esprit qui les animait au scrutin du 31 mai.

Tout le monde désirait une liste unique; celle de la coalition parut la première, le peuple s'en empara et ne voulut point, quoi qu'on ait fait, s'en dessaisir. Tous les dissidents, quels qu'ils fussent, essuyèrent la même défaite. Orléanistes, ou plutôt constitutionnels, démocrates, socialistes, candidats ouvriers, nul ne parvint à éveiller la sympathie des électeurs, ou du moins à leur faire changer d'avis.

LA PRESSE ET LES CANDIDATURES OUVRIÈRES

> La classe ouvrière est comme un peuple d'ilotes au milieu d'un peuple de Sybarites... La pauvreté ne sera plus séditieuse l'orsque l'opulence ne sera plus oppressive.
>
> LOUIS-NAPOLÉON BONAPARTE. *Éxtinction du paupérisme.*

Mais, au milieu de tout ce bruit, la candidature de M. J.-J. Blanc eut l'avantage d'occuper la presse, et, dans l'impossibilité de deviner quelle était au juste sa véritable force, on la combattit sérieusement. Ce qu'il y a d'instructif pour le peuple, ce sont les deux genres d'arguments dont on se servit pour l'attaquer. M. Havin acceptait le principe de la candidature ouvrière, mais il la déclarait impolitique. Quoique sympathiques à la personne de M. Blanc, M. Nefftzer, comme M. de Girardin, acceptaient comme un acci-

---

1. Un électeur ouvrier de la neuvième circonscription, devant lequel on discutait les titres de M. Pelletan, l'écrivain qui, d'après la réclame stéréotypée de M. Pagnerre, a fait en quelque sorte le tour de la pensée humaine, répondit, sous une forme un peu rude, mais qui rendait parfaitement la pensée générale: «Trognon de pomme, ou trognon de chou, je m'en f...che! pourvu que le projectile que je flanquerai dans la boîte dise opposition.

dent un candidat ouvrier (s'il était né ou devenu orateur), mais ils s'empressaient aussitôt de contester la justice du principe.

Dans les discussions qui s'engagèrent à ce sujet, soit dans les réunions électorales, soit dans les journaux, aucun adversaire ne voulut accepter franchement le débat, se placer sur le véritable terrain. On nous répondit toujours en se plaçant à côté de la question. C'est qu'en effet la candidature ouvrière était grosse de conséquences, que les hommes politiques n'osent guère envisager sans effroi. Résumons les arguments qui furent dirigés contre elle.

La candidature ouvrière est un non-sens, disaient ses détracteurs. Depuis 89, il n'y a plus ni nobles, ni bourgeois, ni ouvriers, il n'y a plus que des citoyens. Voulez-vous donc rétablir les classes dans un pays qui a proclamé l'égalité?

Le député ne représente pas une fraction de la nation, mais bien la nation entière.

Les réformes que vous désirez, les députés élus peuvent les demander comme vous, et d'une façon plus éloquente; leurs paroles seront moins suspectées.

Du reste, les ouvriers n'ont pas voté égoïstement, corporativement, ils ont voté politiquement, nationalement.

Or, la candidature ouvrière ne disait rien de tout cela. Elle signifiait : Affranchissement du prolétariat. De plus, il est aisé de démontrer combien toutes ces raisons sont spécieuses.

Si quelqu'un a intérêt à ce qu'il n'y ait plus de classes, c'est assurément ceux qui sont au dernier échelon de l'échelle sociale. Si nous nous placions sur ce terrain, ce serait pour dire à la société : Faites disparaître du Code les marques de notre infériorité morale, oubliées par le législateur même en 1848.

En dehors des intérêts généraux qui nous sont communs à tous, chaque citoyen, en raison de sa position, a des intérêts particuliers. Si cela déplaît à nos contradicteurs, qu'ils s'en prennent à l'organisation sociale. Mais le maître de forges et le vigneron bordelais n'ont pas un même intérêt. Le filateur de Rouen, de Roubaix, n'a pas le même intérêt que l'armateur du Havre ou de Bordeaux. Or, si les armateurs, les négociants de nos ports de mer, s'entendaient pour nommer un libre échangiste; si les filateurs de la Seine-Inférieure, les maîtres de forges, s'entendaient pour nommer un prohibitionniste, je ne verrais là rien d'égoïste ni d'antinational, mais un fait naturel. C'est alors que tous les intérêts sont présents aux débats qu'on peut espérer la conciliation.

Il n'y a donc rien d'égoïste, d'antinational à ce que les ouvriers qui remplissent dans la société une fonction spéciale (le travail manuel) choisissent un des leurs pour défendre les intérêts qui leur sont particuliers, s'ils les trouvent mal défendus. On aurait beaucoup de peine à me persuader qu'aux dernières élections les défenseurs naturels du capital ne sont pas entrés au Corps législatif dans la personne de MM. Émile-Isaac-Eugène Pereire et Talabot.

Quant à la thèse soutenue particulièrement par M. de Girardin, (nécessité de nommer des orateurs), l'appui qu'il a prêté à la candidature de M. Havin donne à cette thèse un caractère tout à fait réjouissant.

Enfin, un ouvrier serait mis en suspicion par ses collègues, s'il défendait les intérêts du travail, tandis qu'on écoute avec d'autant plus d'attention un manufacturier, un banquier, qu'il s'agit d'une loi de commerce ou de finance. Si malheureusement un pareil dire venait à se réaliser, il prouverait de la façon la plus péremptoire l'inégalité entre les citoyens.

Mais à quoi bon tout cela, il s'agissait bien d'autres choses!

TRANSFORMATION DU SOCIALISME

Il s'agissait, en effet, de réclamer l'égalité entre le travail et le capital. Chose curieuse, à part les socialistes, l'expérience du passé n'a éclairé ni les hommes d'hier ni ceux d'aujourd'hui. Les causes qui ont fait avorter la révolution de Février sont-elles donc encore un mystère? L'insurrection de Juin, l'engouement du peuple pour les théories sociales, auraient dû mettre sur la voie. Incapable, à cette époque, de formuler nettement ses aspirations, ce fut bien plus par intuition que par raisonnement que les ouvriers adoptèrent telle ou telle doctrine sociale. Mais les hommes politiques qui croyaient, par le suffrage universel, avoir renversé le dernier obstacle au progrès, furent amèrement désillusionnés. Le suffrage universel ne leur envoyait en majorité que des hommes qui subissaient impatiemment la république et le suffrage universel luimême, pendant que les ouvriers, aux prises avec la misère, affirmaient de plus en plus leurs tendances sociales.

Se croyant à l'avant-garde, beaucoup de politiques que le peuple eut bientôt dépassés dans sa course rapide regardèrent avec irritation un mouvement qu'ils ne comprenaient point ou qu'ils trouvaient prématuré. Aussi n'essayèrent-ils guère de le modérer, de le conduire, mais bien de le comprimer. Pour l'immense majorité de la classe moyenne, c'était le chaos, le triomphe des mauvais instincts, la peur de l'inconnu. Il fallait, du reste, une foi robuste pour contempler sans appréhension Paris qui, pendant trois mois, bouillonna comme un cratère. Aussi, en juin 1848, la Société, effrayée plus encore par les clameurs intéressées de la réaction que par les doctrines elles-mêmes, réagit-elle avec une violence qui donne la mesure de son effroi.

A la suite de cette épouvantable conflagration, à la suite de l'état de siége, des conseils de guerre, de la transportation sans jugement, on crut le parti socialiste anéanti; il n'en était rien, les élections de septembre firent sortir de l'urne, avec les noms de Louis-Napoléon Bonaparte et Achille Fould, celui de F. V. Raspail, avec 63,000 voix, et plus tard, Paris nomma de Flotte et E. Suë. Si le socialisme était une aberration, le peuple y persistait même après le 13 juin 1849. Le 2 décembre 1851 vint changer complétement la situation, et, pendant plusieurs années, on put croire que le socialisme avait vécu. C'était une erreur; il s'était transformé. Pendant ces dix années de silence, pendant le calme profond (à peine troublé par la guerre d'Italie) qui avait succédé aux mouvements tumultueux de la place publique, un lent travail d'assimilation s'était fait dans la partie la plus active et la plus intelligente de la population ouvrière. Pour ne plus s'épancher bruyamment au dehors, les idées n'étaient pas mortes, les esprits trituraient les théories. Élaguant les exagérations, les utopies impraticables, ils dégageaient les réformes pratiques en les contrôlant rigoureusement par les faits. Comprenant qu'on ne change point en un jour les conditions économiques d'une société, que le principe de l'association s'était heurté devant l'ignorance et l'impatience des masses, on changea de route, et, peu à peu, on entendit proposer par les classes ouvrières quelques réformes nettes et précises. Abrogation de l'article 1781 de la loi sur les coalitions; création de chambres syndicales, d'agences professionnelles, de sociétés de crédit mutuel, et, par-dessus tout, l'instruction primaire gratuite et professionnelle[1]. Travail sourd, ignoré de tout ce qui n'était pas mêlé à la vie intime de l'ouvrier, mais qui n'en a pas moins jeté de profondes racines.

Au fond, que voulaient, que veulent-ils les impatients d'hier comme les tard venus d'aujourd'hui? Conquérir une liberté équivalente à celle que 89 a donnée au capitaliste comme au cultivateur-propriétaire. A l'aide de son capital, l'un peut toujours manifester son initiative; l'autre a toujours un atelier (son champ) ouvert à son activité, car la terre ne connaît point de chômage.

CAPITAL ET TRAVAIL

On peut envisager la situation industrielle de l'ouvrier sous deux aspects différents, mais qui donnent une conclusion identique. D'un côté, les découvertes scientifiques déplacent tous les jours le véritable moteur, il passe des bras dans l'intelligence. Il faut que l'homme devienne plus intelligent que l'outil pour être son maître et non pas son esclave. Or, aujourd'hui, sans capital, pas d'instruction; sans capital, impossibilité de manifester son initiative individuelle. De l'autre côté, abrité contre l'augmentation des salaires par l'inflexible loi sur les coalitions, il arrive que le capital, au lieu de s'appuyer sur la science pour lutter contre la concurrence étrangère, au lieu de chercher la solution du problème dans l'amélioration de son outillage, dans l'entrée en franchise des matières premières, au lieu d'abandonner ou de transformer les industries que tuera le libre-échange[2], le capital tranche la difficulté en abaissant le taux des salaires.

1. L'idée des bibliothèques municipales est due à des ouvriers qui, des premiers, fondèrent celle du 3ᵉ arrondissement.

2. Car il ne faut pas confondre ni se laisser dérouter sur les conséquences de ce principe. Il ne s'agit nullement de déplacer le champ de bataille ni d'établir une lutte à mort entre des industries rivales. A quoi nous servirait, le jour de la pacification générale, d'enfouir au fond de nos arsenaux es canons rayés, les armes de précision, si nous devions, grâce à la vapeur, à l'électricité, les remplacer par des engins de destruction plus terribles encore? Si l'on considère chaque contrée en raison de son climat, de sa position

D'un côté comme de l'autre : Domination du capital sur le travail désarmé.

S'il est vrai que depuis 89 la loi proclame l'égalité de tous les citoyens, il faudra longtemps encore avant que cette égalité soit passée dans les mœurs; surtout si la loi elle-même semble maintenir parfois l'inégalité.

D'après l'article 1781, un failli récidiviste qui n'aurait échappé au banc de la police correctionnelle que par la débonnaireté de ses créanciers, ou la bienveillance de son syndic, aurait gain de cause sur sa parole, contre un ouvrier d'une incontestable probité. Les domestiques, envers leurs maîtres se trouvent dans une position identique.

Dira-t-on qu'ils sont égaux?

Quand les nécessités de la concurrence ou tout autre motif poussent le fabricant à décréter une diminution de salaire, tous les ouvriers qu'il emploie sont frappés au même instant dans leur intérêt capital, la vie de chaque jour. Si plusieurs refusent de se soumettre, désertent l'atelier individuellement, sans violences, sans encourager les autres à les imiter, ils tombent sous le coup de la loi. Seul à frapper quelquefois d'un seul coup plusieurs centaines de travailleurs, le patron croit voir une coalition concertée, là où il n'y a en réalité qu'un être collectif lésé le même jour, d'une manière identique, dans la personne de tous ses membres. Ce n'est pas l'entente des ouvriers qui a créé la coalition, c'est la décision du patron qui frappe l'intérêt général. Quoique non concertée, la simultanéité prouve le délit, et même, à regret, le juge condamne.

Dira-t-on qu'ils sont libres?

L'expérience et l'observation nous démontrent la domination du Capital sur le Travail.

Comme pour toutes les autres marchandises, c'est l'offre et la demande qui règle (dit-on) le salaire du travailleur, et cela semble tout naturel. Dans cet ordre d'idées, l'être vivant, dont les besoins se renouvellent tous les jours, serait assimilé à l'objet manufacturé, sans qu'on puisse tenir aucun compte de ses besoins réels. Cette doctrine, quand on y regarde de près, semble bien un peu rigoureuse; mais il n'en est même pas ainsi. Le salaire baisse en raison de l'offre, je ne dis pas non, mais il n'augmente point en raison de la demande; grâce à la loi qui met l'ouvrier dans l'impossibilité de s'entendre sans commettre un délit, tandis que, dans la majorité des cas, l'entente entre les patrons s'établit très-facilement sans qu'on puisse constater ce même délit.

géographique, de la constitution géologique et des produits de son sol; si l'on considère que chaque peuple a un génie qui lui est propre, des aptitudes spéciales, qu'aucun autre ne possède à un si haut degré, il est bien évident que chaque nation est destinée à exercer, sans concurrence et sans rivalité possible, tels ou tels genres de travaux industriels, à fabriquer tels ou tels produits manufactures.

Pourquoi donc irait-on continuer la lutte industrielle aux dépens du travailleur?

Quels que soient les bénéfices réalisés par le capital engagé dans la Banque ou l'industrie, on ne les qualifie jamais d'exagérés, on applaudit d'autant plus fort à l'intelligence du banquier ou de l'industriel. Mais la journée d'un ouvrier ne peut dépasser la somme de ses besoins quotidiens sans faire pousser des cris de détresse aux fabricants, qui s'empressent aussitôt, par tous les moyens en leur pouvoir, de la ramener au strict nécessaire, ce qui ne veut dire nullement que le prix diminue pour le consommateur. Beaucoup de nos industries parisiennes, qui n'ont aucune concurrence sérieuse à l'étranger, fournissent à chaque instant de ces tristes exemples. Et pourtant à la conquête a succédé la production, à l'activité guerrière l'activité industrielle. C'est dans ce but que la société tente de se réorganiser. Si par la solidarité le travail n'établit pas un contrepoids à la puissance croissante du capital ; si par l'instruction professionnelle on n'atténue point les effets de la division du travail, l'ouvrier ne sera plus qu'un être automatique, mis au repos ou en mouvement par le bon plaisir de l'argent. Où il devrait y avoir association, il y a domination ; et la position devient tous les jours plus difficile, le péril plus grand, car la mise en pratique du libre échange va modifier profondément les conditions économiques. S'effrayant, à tort je crois, du génie commercial et industriel des Anglais, des immenses ressources financières qui dans ce pays sont accumulées en quelques mains, du bon marché des produits belges, on tend en France, par esprit d'imitation ou par tout autre motif, à créer une aristocratie financière et industrielle. Devenue dispensatrice du travail et du crédit, elle étouffera toute liberté d'action, courbera sous son joug toute initiative, méconnaissant ainsi le caractère distinctif du génie industriel français, original, spontané, individuel par excellence. Les grosses accumulations de capitaux vont devenir un danger ; car si l'on n'accorde pas au travail la liberté nécessaire pour organiser le crédit mutuel, l'assurance contre le chômage, les ouvriers ne seront plus que des rouages dans la main des hauts barons de l'industrie. De même tous ces petits industriels, ces petits commerçants qui admirent naïvement aujourd'hui les magnifiques résultats des grandes compagnies, ne seront plus bientôt que les humbles serviteurs des princes de la finance.

En Angleterre, le système agricole qui expulse le paysan de la campagne, le force à émigrer ou à se jeter dans l'industrie, l'accumulation des capitaux, l'absence de sentiment artistique dans les classes ouvrières, ont amené une division excessive du travail. En admettant, ce que nous ne croyons pas, que l'Angleterre, au point de vue démocratique et moral, puisse se féliciter du résultat, il n'en faudrait pas moins, en France, réagir énergiquement contre les tendances qui nous présentent ce système comme un idéal.

Chez nous l'industrie s'épuiserait en vain, si elle voulait lutter de bon marché avec certains produits anglais, belges, suisses ou allemands. Sa voie de salut, en présence du libre échange, est dans la perfection des produits, dans le développement des arts industriels. Il est facile de s'en convaincre, si l'on veut considérer

2.

les résultats de la lutte soutenue contre l'Angleterre par Rouen, Roubaix et l'Alsace : tandis que pour les filatures de la Seine-Inférieure et des départements circonvoisins, la position devient tous les jours plus critique pour les patrons, plus navrante pour les ouvriers, l'Alsace prospère ; tandis que les fabricants de rubans unis du Rhône luttent misérablement contre la Suisse, les rubans façonnés sont recherchés dans le monde entier. Que d'exemples on pourrait citer !

Or, ce sentiment artistique, ce goût que le Français porte dans l'industrie, ce sentiment qui semble inné chez lui, s'étiole, s'éteint sous la discipline rigoureuse, l'espèce de casernement, la hiérarchie inhérente à la grande industrie, telle qu'elle est organisée en Angleterre et qu'on semble vouloir l'organiser en France, et de plus la division du travail, marque distinctive et fatale de l'industrie anglaise, est presque toujours un obstacle à la perfection du produit. Il faut donc au contraire répandre chez nous l'instruction professionnelle et fournir à l'initiative individuelle les moyens de se manifester.

Quoi qu'on fasse, la France ne pourra jamais soutenir la concurrence anglaise ou étrangère, comme bon marché. Quoique l'agriculture ait atteint chez nos voisins le plus haut degré de perfection, quoique pas une parcelle de sol ne soit laissée improductive, l'Angleterre est beaucoup plus industrielle qu'agricole, elle est condamnée à produire vite, beaucoup, à bas prix; condamnée à vendre quand même, sous peine de famine. Malgré l'ignorance déplorable et la routine invétérée qui distingue nos paysans, malgré les milliers d'hectares que nous laissons en friche sous un climat comme le nôtre, la France est plus agricole qu'industrielle. Aux grandes compagnies financières le soin d'exécuter les chemins de fer, de creuser les canaux, de défricher les landes, de dessécher les marais, d'établir au loin de nouveaux comptoirs, d'ouvrir de nouveaux débouchés à nos produits. Mais l'art est individuel; si l'on veut développer notre prospérité industrielle, il faut trouver les moyens d'instruire et de créditer au besoin chaque ouvrier, sous peine de se préparer de graves embarras, de subir des crises douloureuses. La nation doit aujourd'hui s'engager dans cette double voie, afin de rétablir l'équilibre rompu depuis trop longtemps déjà entre la production agricole et la production industrielle.

En face d'un but que seul, isolé, il ne peut atteindre, que fait le capitaliste? Il s'associe, et le plus souvent en France il s'adresse à l'Etat pour obtenir de lui une garantie, un aide, un privilége, un monopole; témoin les chemins de fer, les canaux, les compagnies maritimes; témoin la Banque de France qui possède le privilége d'émettre un papier-monnaie quadruple de son capital; de sorte qu'en escomptant à 3 0/0 des effets de commerce avec ses propres billets, elle escompte en réalité à 12 0/0 ; car, quelle que soit aujourd'hui la valeur d'une action de la Banque de France, elle ne possède réellement que la somme encaissée au moment de l'émission.

C'est dans l'intérêt général, dit-on. Sans doute! Mais l'instruction primaire et professionnelle, l'amélioration du sort de la classe la plus nombreuse, seraient-elles donc par hasard choses contraires à l'intérêt général? Il faudrait alors s'empresser de nous démontrer notre erreur afin que nous ne conservions plus de chimériques espérances.

Jusque-là, nous qui ne demandons ni privilége ni monopole, mais seulement la liberté, nous espérons bien conquérir légalement, comme le capital, le droit de nous entendre, même de nous associer.

C'est pourquoi les ouvriers réclament aujourd'hui, au nom du droit commun, la liberté de former dans chaque profession des chambres syndicales ouvrières, au même titre que les fabricants forment des chambres syndicales de patrons pour la défense de leurs intérêts. Et les industriels, les négociants ne sont pas les seuls qui aient le privilége de se réunir et de s'entendre, sous les noms de conseils, chambres, syndicats, sociétés; les avocats, les agents de change, les notaires, les auteurs dramatiques ont un centre, une organisation où ils trouvent un aide, un appui, si leurs intérêts sont compromis.

Et sitôt que les ouvriers parlent de se réunir et de s'entendre, quel que soit le but qu'ils se proposent, on entend crier immédiatement : Ils organisent la résistance!!! la société est en péril!!! S'ils sont moins dignes que les autres citoyens, pourquoi leur accorder un droit politique égal; et puisqu'ils jouissent de ce droit, comment s'étonner qu'ils veuillent s'en servir pour acquérir la liberté d'action et l'égalité de droits que possèdent les autres?

CHAMBRES SYNDICALES OUVRIÈRES

La Chambre syndicale ouvrière serait, dans l'ordre économique et industriel, l'institution-mère de tous les progrès futurs. C'est d'elle qu'émanerait librement l'agence professionnelle, seul moyen de nous assurer contre le chômage ; l'agriculteur n'a-t-il pas la facilité d'assurer sa moisson? Le propriétaire, le fabricant n'ont-ils pas le droit d'assurer, l'un sa propriété, l'autre sa marchandise? La propriété de l'ouvrier c'est son travail, et comme la société se déclare impuissante à le lui garantir, ne devrait-elle pas au moins lui laisser la liberté de se protéger lui-même?

C'est avec l'aide de la Chambre syndicale, composée d'hommes compétents, élus par le suffrage universel, qu'on pourrait dans un avenir prochain organiser l'instruction professionnelle, œuvre pour laquelle l'État sera toujours impuissant. A l'État, le devoir d'organiser l'instruction primaire obligatoire et gratuite à tous les degrés, en ce qui touche les grandes divisions scientifiques et les services publics; à l'initiative individuelle, le soin de vulgariser les multiples et changeants détails de l'instruction professionnelle. Grâce à la Chambre syndicale, on aurait l'histoire du métier, la tradition des procédés manuels. Elle serait l'académie de la profession, le cabinet d'essais pour les nouvelles découvertes, auxquelles elle donnerait la publicité, et la publicité c'est le prêt, la commandite pour le talent ou le génie sans capital. Le libre échange est là qui nous ordonne impérieusement de progresser. Partout où fleurit le monopole, le privilége, l'industrie languit et meurt; ce qu'il lui faut, c'est le souffle vivifiant de la liberté.

Ce qu'il faut, c'est la liberté pour tous, le droit commun.

La liberté n'a d'autre limite que la liberté d'autrui et non son intérêt.

La liberte de chacun doit être garantie par la loi, les intérêts se concilient par des conventions particulières.

C'est donc au nom de la justice, que les ouvriers formulent leurs réclamations dans une société fondée sur les principes de 89.

Cette idée gagne tous les jours du terrain, ainsi que le constatait dernièrement M. Darimon (*Presse* du 14 octobre 1863) dans quelques lignes à la suite d'une lettre sur la grève d'ouvriers de Lyon (tisseurs de châles au quart). Il ajoutait qu'il serait bon de permettre la création de Chambres syndicales ouvrières, ou, ce qui vaudrait *mieux*, de Chambres syndicales composées de *patrons* et d'*ouvriers*.

Nous sommes d'un avis complétement opposé, et nous ne saurions trop mettre nos camarades en garde contre cette idée grosse de déceptions et de conflits. Une pareille institution ne produirait point la conciliation, l'alliance des intérêts, mais une confusion aboutissant à l'impuissance ou à l'oppression. Or, si l'on veut opprimer le capital, il se dérobe ou fuit, si l'on opprime le travail, un malaise général envahit le corps social et se traduit bientôt par une diminution de la force productive, par l'infériorité du produit, ou par de violentes convulsions.

La Chambre syndicale (composée de patrons et d'ouvriers) serait un serviteur chargé de contenter deux maîtres, deux forces qui, en raison de notre organisation sociale, ont des intérêts différents, opposés, quelquefois ennemis. Le travail et le capital (patrons et ouvriers) n'ayant qu'une seule tête, diraient alternativement, selon les circonstances et la force des parties, tantôt oui, tantôt non.

Si le travail et le capital sont si souvent aux prises, c'est que les intérêts sont mal compris, les forces mal combinées, sans doute. Mais avec un organe unique pour deux fonctions différentes, vous n'éluciderez point, ne résoudrez point le problème; vous dépenserez vos forces à maintenir un équilibre trompeur, à l'aide de règlements, de tarifs aussitôt violés que consentis. Ce serait éterniser la lutte. L'accord réel, l'association du capital et du travail, deux fonctions différentes, ne pourra s'obtenir que par une liberté entière, complète, accordée aux deux intérêts. Ils formuleront séparément leurs prétentions, les feront triompher à leurs risques et périls, par tous les moyens qu'ils jugeront convenables, sans qu'on puisse, ni qu'on doive y apporter d'autre limite que la liberté d'autrui, et non son intérêt.

Sous le régime de la liberté, les prétentions exagérées, soit du travail, soit du capital, ne seraient guère à craindre. En face d'injustes exigences, le capital se refuserait. En face d'une oppression égoïste, le travail, grâce à la liberté, trouverait bien vite le moyen de s'émanciper.

Le travail et le capital ne peuvent s'isoler, se passer l'un de l'autre, mais seule la liberté d'action permettra de réaliser entre eux l'accord, l'association.

Quant à l'intérêt général dont on fait si souvent grand bruit, il ne peut annuler l'intérêt particulier sans créer de grands dangers. C'est la doctrine du salut public, toujours funeste à ceux qui la subissent comme à ceux qui l'emploient.

Les Candidatures ouvrières sont, dans l'état présent, une nécessité pour le peuple

Dans une société où chacun donne aux mots religion, morale, droit, devoir, vertu, la signification qui lui plaît, au nom de quels principes nous prêcherait-on l'obéissance et l'abnégation ?

Est-ce au nom de notre intérêt propre, que tant de gens prétendent connaître mieux que nous ? Ah ! prenez garde, grands moralistes, illustres éducateurs qui nous répétez sans cesse : Moralisez-vous, soyez sobres, courageux, modestes, ayez toutes les vertus ; la paix du cœur, le calme de la conscience sont à coup sûr les biens les plus précieux. Car nous pourrions vous répondre : Oui, nous avons foi en l'avenir, oui nous avons la conviction intime que tous les intérêts sont solidaires, et c'est pourquoi nous réclamons notre émancipation, car le niveau matériel et moral des couches inférieures ne peut s'élever, sans que le phénomène se produise dans la société entière. Mais croyez-vous donc que nous ne distinguions pas le mobile qui meut aujourd'hui notre société ? A de rares exceptions près, industriels, négociants, financiers, donnent aux classes laborieuses un exemple peu fait pour les moraliser. La plupart, même dans les professions libérales, oublient que tout homme est soumis à la grande loi du travail, le ministre comme l'artisan, que chacun dans la mesure de ses forces doit son concours constant à son pays, à l'humanité. La plupart sont atteints d'une myopie sociale qui, leur fait méconnaître le principe de la solidarité. Ils n'ont qu'un désir, s'enrichir ; qu'un but, le repos. C'est vers ce but qu'ils dirigent tous les efforts de leur intelligence ; ils y marchent avec une ténacité implacable, et dépensent pour l'atteindre, en quelques années, une activité fiévreuse. Indifférents ou hostiles aux grandes questions politiques ou sociales, les uns n'espèrent rien des bienfaits qui pourraient en découler, les autres ont peur que les innovations ne retardent de quelques jours la réalisation de leur rêve d'oisiveté. Ce but, poursuivi à outrance, quelquefois par des moyens équivoques, des coups de dés aventureux, par un agio cynique, ne ferait pénétrer dans les classes populaires que cette croyance étroite et perverse. L'homme n'a qu'une ligne de conduite à suivre, celle que M. Guizot, parlant à ses électeurs, traçait en deux mots au pays légal d'alors : *Enrichissez-vous !*

Eh bien, parmi les élus quel est celui qui accepterait franchement notre programme ? Nous ne mettons en doute ni le savoir universel, ni la parole éloquente de nos avocats. Mais le milieu social dans lequel on vit et se développe imprime aux idées une tendance, une direction. Or, sur la question du travail, nous pouvons nous croire compétent. Du reste, nous aurions tort de nous plaindre, on sait que nous existons. Aujourd'hui minorité imperceptible, si l'on ne veut tenir compte que du vote, mais demain légion peut-être; à coup sûr, bientôt une force avec laquelle il faudra compter.

Clients d'une nouvelle espèce, déjà on nous invite à rassembler nos notes, à former nos dossiers pour les soumettre à nos représentants. Ils feront le triage de nos idées, sépareront l'ivraie du bon grain ; ils décideront, dans leur haute sagesse, ce qui est raisonnable et ce qui est exagéré. Seulement il paraît que ces questions que tout homme instruit, libéral, peut traiter aussi bien que nous, ne sont point encore *tout à fait élucidées*, puisqu'on demande l'enquête et qu'on nous propose d'en fournir les matériaux. N'est-ce pas la preuve flagrante que notre conduite a été politique, opportune? Nous avons mis le doigt sur la plaie; j'en ai pour garant, non le rire qui accueille les tentatives ridicules, mais les exhortations, les promesses qui nous ont été prodiguées.

Et certes, nous croyons encore que l'élection d'un ouvrier serait d'un effet moral autrement puissant que le discours d'un avocat ou d'un journaliste. La réussite d'une candidature ainsi posée forcerait la société à pousser droit au monstre, pour voir ce qu'elle peut craindre de lui ou bien en espérer.

Et puis, avons-nous donc un autre moyen d'exprimer nos besoins et nos vœux ? Malgré les entraves apportées à la liberté de la presse, le capital sait toujours se faire écouter. Il brave le cautionnement, le timbre ; il sait même en tirer des bénéfices, tandis que le travail reste muet. Qu'on cesse donc de nous reprocher nos candidatures ouvrières; nous n'avons pour nous faire entendre que la grande voix du suffrage universel.

CONCLUSION

Jusqu'à ce jour, les philosophes, les moralistes, habitués à contempler de vastes horizons, n'ont point attaché d'importance aux idées que nous formulons. Embrassant d'un coup d'œil d'aigle la société dans son ensemble, ils proclament, avec raison, la nécessité d'une éducation morale et d'une réforme des mœurs. Mais quand il s'agit d'un peuple entier, la chose est difficile, surtout en présence d'une génération qui n'a aucune croyance, aucune idée commune. Dans une époque de transition, comme celle que nous traversons, l'instruction qu'on reçoit ou qu'on acquiert est un mélange de vérités et d'erreurs, où se retrouvent confondus les débris de vieux dogmes et les premières maximes d'une morale nouvelle. Rien de commun, de semblable, tout est divers, différent, en raison du milieu, de l'instruction, des intérêts. Si j'écoute le sermon d'un prêtre sortant du séminaire de Saint-Sulpice, et si j'ouvre le livre d'un professeur de l'École normale, je me sens pris de vertige en découvrant l'abîme qui les sépare; car il y a cent à parier contre un que je ne trouverai pas entre eux un seul point de contact. Pauvre ignorant, j'irai trébuchant toute ma vie de la révélation au panthéisme.

Aussi, réclamons l'instruction primaire et professionnelle. La société développant maintenant son activité industrielle, le côté scientifique expérimental deviendra tous les jours de plus en plus prépondérant. La généralité des citoyens s'habituera forcément à voir les choses d'un même point de vue, à raisonner de la même manière. La science nous apprendra qu'il y a des lois naturelles qui s'imposent, et nous démontrera qu'elles ont été établies pour le bonheur de tous et de chacun.

Mais ce n'est là qu'un des côtés de la question, le côté intellectuel. Pour accélérer la marche de la société vers un ensemble de croyances et d'idées communes, il faudrait trouver pour le cœur un moyen semblable qui donne satisfaction à notre besoin d'affection. Ce moyen, c'est la famille. Quand au nom du droit commun nous réclamons la liberté d'action qui nous est nécessaire pour améliorer notre sort, c'est pour la reconstituer, non pas en vertu du principe d'autorité absolue, principe tyrannique par essence, mais par le concours volontaire et la division naturelle des fonctions indiquées par la nature. Habitué à la solidarité familiale, convaincu par les faits que plus les membres sont unis, plus ils présentent de force, de résistance contre le malheur, l'homme sera tout préparé à comprendre qu'en ce monde, tout se tient, tout se lie, tout concourt, tout consent. Nous verrons alors le principe de la solidarité sociale et de la division des fonctions, principe si peu compris et si peu pratiqué, devenir peu à peu une croyance générale qui guidera l'humanité. Nous verrons le concours volontaire remplacer le principe d'autorité, et la charité, se transformant en solidarité, aboutir à un universel amour. C'est ainsi que se fera, degré par degré, dans la nouvelle synthèse, l'accord du sentiment et de la raison.

Que peut espérer le peuple au milieu de la confusion qui règne et des intérêts qui se poussent? *Rien!* s'il ne prend en main ses propres affaires. Serait-ce donc la première fois qu'il les aurait faites, *et bien?* Les hommes éminents du parti démocratique, ceux qui se chargent avec empressement de nous montrer le chemin du progrès, restent, les uns, enfermés dans le cercle cabalistique d'une théorie, tandis que les autres regardent avec mauvaise humeur et défiance ceux qui, parmi nous, réclament leur place au soleil. Deux élections auront lieu prochainement à Paris. Ni les hommes, ni les journaux influents du parti démocratique ne voudront appuyer une candidature ouvrière. Si cette fois elle n'est pas tardive, elle sera prématurée, et toujours impolitique. Les travailleurs resteront-ils muets, inactifs, quand ils ont à conquérir la liberté d'action et l'égalité de droit? S'ils trouvent que leur émancipation se fait trop attendre, habitués au labeur, qu'ils se mettent à la besogne. Pendant longtemps, ignorants, indécis, semblables au malade qui s'agite sur son lit de douleur, sans trouver jamais la position qui lui convient, ils ont fourni des soldats à tous les partis, des élèves à toutes les écoles. Aussi les accusa-t-on souvent d'être les ennemis de l'ordre, de la famille, de la propriété, de la religion. Et pourtant, s'il est vrai qu'enfants du siècle, nous soyons entachés d'indifférence en matière de religion, nous nous déclarons hautement partisans de la famille et de la propriété, nous désirons ardemment l'une et l'autre. Puisque la famille est la molécule sociale, la base de la société, puisque la propriété transforme tout démagogue en homme honnête et modéré, nous devons faire tous nos efforts pour conquérir la propriété, la famille.

Fausses, nos idées seront bien vite abandonnées par l'opinion publique; vraies, elles gagneront tous les jours de nouveaux adhérents. Leur pierre de touche, c'est la *justice*. Placés au bas de la pyramide sociale, nous avons cet avantage en réclamant l'instruction, la famille et la propriété, de vouloir ces choses non-seulement pour nous, mais pour tous. Aujourd'hui plus d'un bruyant et prolixe apôtre de la Liberté n'en pourrait dire autant.

Mais soyons confiants. Le suffrage universel est l'acide souverain qui dissout les anciens partis; bientôt il n'y en aura plus que deux en France : Réaction, Démocratie, c'est-à-dire Privilége, Droit commun. C'est avec nous que viendront les hommes de paix et de bonne volonté; la patience est la vertu des petits. La justice marche lentement, mais elle poursuit sa route en dépit des obstacles. Le flot des idées démocratiques grossit toujours; il envahit de tous côtés cette vieille terre du monopole et du privilége. Le libre échange et le suffrage universel portent en leur flancs plus d'une surprise, dont s'ébahira la vieille société.

Après l'esclavage, le servage; après le servage, le prolétariat; demain, l'affranchissement.

Que si l'on s'étonne de voir que nous, les petits, les faibles, les ignorants, nous nous mettons à l'œuvre, nous répondrons : Ouvrez les yeux. Est-ce que ce sont les grands et les savants qui d'abord ont acclamé le christianisme et protesté contre l'esclavage? Est-ce que ce sont les puissants et les forts qui ont aboli le servage et proclamé les droits de l'homme? Que non; c'est bonhomme Jacques, et tout naturellement aussi, c'est lui qui doit affirmer le principe de la solidarité.

Maintenant, qu'on entasse argument sur argument, sophisme sur sophisme, il en est qui ne se laisseront pas détourner de la route qu'ils se sont tracée. Chaque fois que le pays sera consulté en vertu du suffrage universel, nous espérons bien voir surgir les candidatures ouvrières. Ces jours-là, si faible lutteur que nous soyons, nous serons sur la brèche; non pas par amour du bruit, personnellement nous autres petites gens, nous ne pouvons qu'y perdre, mais simplement par conviction. Content encore quand nous n'aurions joué que le rôle de la mouche du coche dans un grand acte de justice, l'affranchissement du prolétariat.

H. Tolain, ciseleur.

PARIS. — IMPRIMERIE ÉDOUARD BLOT, RUE SAINT-LOUIS, 46.